Gespielte Liebe
oder doch nicht?

1

Emiko Nakano

Gespielte Liebe
...oder doch nicht?

Inhalt

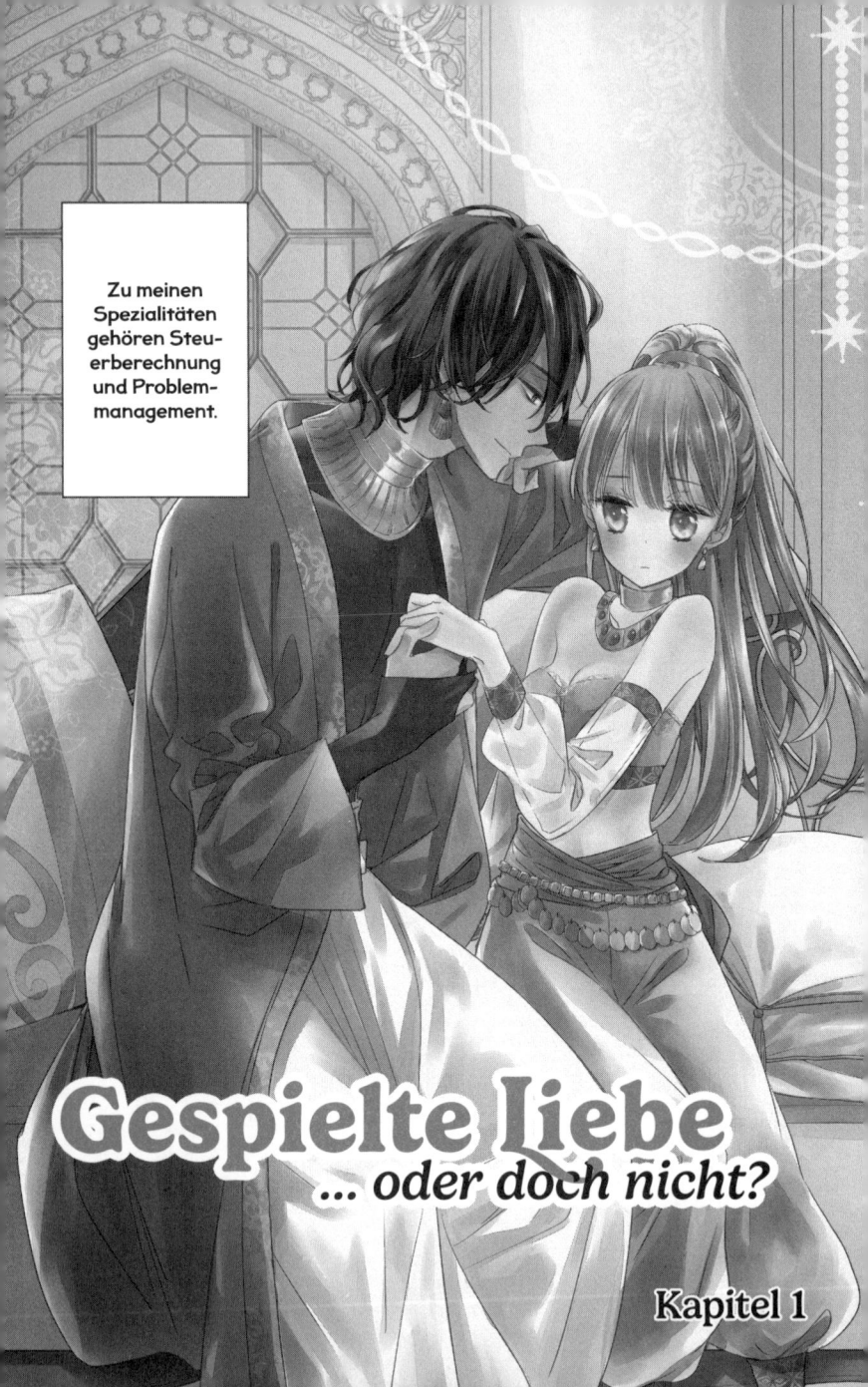

Zu meinen
Spezialitäten
gehören Steu-
erberechnung
und Problem-
management.

Gespielte Liebe
... oder doch nicht?

Kapitel 1

Beginnen wir aber ...

... am Anfang der Geschichte.

Schlecht bin ich in allem, was mit Liebesbeziehungen zu tun hat.

... wäre also doch das Beste?

Eine Zweck- ehe ...

Ja ...

Zofe Eva

Klar und deutlich

... dass Ihr Euch als ein- zige Tochter allein um die Finanzen kümmern müsst, zeigt deutlich, wie arm wir sind.

Nun ...

Es ist wirklich schlimm, was?

Wir haben bereits alles ver- sucht.

Finan- ziell sieht es wirk- lich übel aus.

Aber das ... kommt nicht in- frage.

... erscheint mir da die lukrativste Methode, um die Zukunft zu sichern.

Einen Reichen zu heiraten und mit nied- rigen Zinsen Geld zu lei- hen ...

Ein Single mit dem nötigen Kleingeld, um unsere Familie zu retten ...

Und ohnehin ist mittlerweile kein passender Heiratskandidat mehr übrig!

Eure Liebes-Skills sind so unterirdisch, dass Ihr jedes Mal abgewiesen wurdet!

Wie oft habt Ihr Euch nun schon an der Zweckehe-Challenge versucht?

... aber der spielt in einer derart unerreichbaren Liga, dass es nie im Leben klappen würde.

... Lord Fahad aus dem Hause Aureshia ...

Richtig

Doch, einer ...

... wäre da noch ...

Er ist der zweite Sohn der wohl einf... reichsten Familie: Aureshia. Natürlich ist er stinkreich. In letzter Zeit hat er sich als Geschäftsmann extrem gem... art. Er sieht gut aus und freundlich sch... auch zu sein. Bei gesellschaftlichen V... ltungen steht er immer im Mittelpunkt... ...e noch nie mit ihm ges...

...

...

Ihr werdet lediglich verletzt werden und Eure Zeit verschwenden.

Wollt Ihr Euch das wirklich antun?

Mit diesem Antrag ...

Ja, genau.

Euer Herz ist wirklich unerschütterlich.

Wer nicht wagt, der nicht gewinnt!

... ziele ich es rein auf sein Geld ab.

Ah ...

Hm?

Ihr seid einverstanden?

Hä?

Was?

Heiraten wir.

Von mir aus.

Ja, das will ich damit sagen.

Ist mir recht.

Warum also die Sache verkomplizieren? Probieren wir es einfach aus.

Sollten wir einander doch nicht zusagen, können wir uns jederzeit trennen.

Es macht mir Angst, wie gründlich er sich absichert!

I...

Ich werde alles daran setzen, dass es nie dazu kommt...

Ich krieg Aaaangst!

Bevor er irgendwas davon aufschnappt...

In der Tat gibt es unzählige Dinge, wegen denen er mich fallen lassen könnte.

Ich hoffe, ihr versteht euch blendend ...

... und werdet glücklich miteinander.

Patamm

...

Das war ...

... heftiger, als ich erwartet hatte.

Tut mir leid.

Für meine Eltern steht wahre Liebe über allen anderen Dingen.

Aber ich ...

... hatte nicht damit gerechnet, dass sie sich so sehr freuen würden ...

?

Ist etwas ...?

...

... zum ersten Mal mein Gesicht richtig angeschaut.

Er hat sich wohl ...

Ah!

Nein.

Nichts weiter.

Nimmt er etwa Rücksicht auf meine Gefühle?

Er kann die Gesichter anderer wohl gut lesen.

Ja ...

Du hast wundervolle Eltern ...

Rachel!

... gleich nebenan jederzeit für Dates nutzen, okay?

Du darfst unser Ferienhaus in der Oase ...

Wann habt ihr's vor?

Hä ...?

?

O...

Okay, danke ...

Wann habt ihr's vor?

Hab ich mich erschreckt.

Sie ver-
dächtigen
mich
...

Sie
meinten,
wir sollen da
hin, bevor ich
mich seinen
Eltern vor-
stelle.

...
würden
sich alle
Eltern
Sorgen
machen.

Wenn
die eigene
Tochter einen
Mann, den sie
vor zehn Tagen
kennengelernt
hat, plötzlich
heiraten will
...

Tja,
macht
Sinn.

Nein,
denn
...

Aber wäre
es nicht ganz
gut, wenn Ihr
einander ein
bisschen ken-
nenlernt?

Argh! Und
ich dachte, ich
könnte die Heirat
ohne romantische
Liebesevents
besiegeln!

Ich habe nie den Grund gerafft, warum sie mich abwiesen.

In Sachen Liebe bin ich eine Null ...

Kommst du ihnen auch nur ein bisschen gewöhnlich vor, wirst du abserviert.

Reiche Männer haben die freie Auswahl ...

Er antwortete: »Genau wegen so was.«

Einmal habe ich einen gebeten, mir den Grund für seine Abfuhr zu nennen.

Und so konnte ich bis zum heutigen Tag keine Lehren draus ziehen.

Wahnsinn, dass Ihr Euch bei der Historie überhaupt das Liebesgeständnis getraut habt.

Kurz gesagt bedeutet einander kennenzulernen den Tod.

... von sieben Kerlen in Folge einen Korb bekommen ...

... ich habe vor Fahad ...

Gerade weil Ihr von solchen Dingen wie Strategien sprecht, macht sich der gnädige Herr Sorgen!

Ha ha ha

Ich weiß nicht mal, welche Strategie gut wäre, weil ich seinen Charakter null durchschaue!

Hm ...
Hm ...

... werden sie Euch sicher anerkennen.

Wenn Ihr die gleiche Stimmung zwischen Fahad und Euch schafft, wie sie zwischen Euren Eltern herrscht ...

Nun, wie wäre es hiermit?

... und Vater ...

Wie zwischen Mutter ...

Mann! Ich hab keinen Bock mehr zu heiraten!

Das nervt!

Argh! Ich will mir diese Chance aber wirklich nicht entgehen lassen!

Es schmerzt, wenn man fallen gelassen wird!

Das wisst Ihr nur zu gut, was?

Ah!

Was für ein resigniertes Gesicht!

Dooomm

Kritzel バリ Kritzel バリ Kritzel バリ Kritzel バリ

Das ist eine gute Idee, denke ich.

Egal, ich stürze mich jetzt erst mal in die Arbeit.

So ...

... füllte ich meine Zeit.

Schreck は っ ?

Gnädiges Fräulein! Habt Ihr Euch auf Euer Date vorbereitet?

Er ist bereits da!

Ehe ich michs versah, brach der Tag unseres Dates an ...

... welches ich ganz vergessen hatte ...

Er meinte, dass er Euch sehen will.

Warum hast du ihn reinge-lassen, Eva?!

A a a a h !

Lass dir ruhig Zeit.

B... B... Bin gleich fertig!

Für gewöhnlich hat man sich auch vorbereitet!

Für gewöhnlich lässt man ihn doch warten!

Lord Fahad, es tut mir leid!

Schon gut.

Zuck

Verzeihung.

Schwupp

Also dann ...

... wollen wir aufbrechen?

!

Nein, ich habe mich ...

Sst

... zu entschuldigen ...

Wusch

Ah!

Möchtest du nicht lieber auf meinem Pferd mitreiten?

A...

Also gut ...

Los geht's!

...

?

Tuschel

Oho!

Schau mal!

Ich habe mir direkt einen Faux-pas erlaubt ...

Ah, etwa wegen ihm?

Er muss nur vorbeiziehen und alle sind verzückt ...

Tja, er ist eben attraktiv.

Es gibt sie offenbar wirklich ...

... solche Männer.

Sieh nur! Ist der nicht cool?!

Wow!

Schau dir diesen Mann an!

Bestimmt kann er sich seine Freundin frei aussuchen.

Da drüben ist es, richtig?

Warum hat er sich also ...

... überhaupt auf mich eingelassen?

In so einem Moment lässt man sich die Hand reichen ...

Gnädiges Fräulein ...

Ah!

Zum Eingang geht es hier lang.

Danke.

Schwupp

23

Das ist ein schöner Ort.

Ja ...

Ich mag ihn auch.

Wer weiß ...

... wann ich mich auch von diesem Ort trennen müssen werde.

Du magst es nicht, angefasst zu werden?

Er ist nicht weit vom Zentrum entfernt und dennoch ...

... sind hier wenige Menschen und es ist ruhig.

Was?

Entschuldige meine Voreiligkeit vorhin.

I... Nein!

Ich war lediglich über-rascht.

Oh nein!

So fliegt noch auf, dass ich nicht groß Gefühle für ihn hege!

Eigentlich finde ich, dass wir viel mehr aneinander kleben und miteinander rummachen sollten!

Verstehe.

Zur Übung?

... lass es uns zur Übung machen ...

Ah ...

Nun ...

Dann ...

Ha ha ha

Spontane Aussage

Ausgelaugt

Dann lass uns aneinander kleben und rummachen.

Was ?!

Jetzt ?!

Ja, jetzt.

Komm hier rüber.

kommt z...
. Aber er
sonst has...
Was mach ich n...
ch hab keinen S...
mer! Ihn jet...
ab zu...
re ich.
ein...
Herz
f drauf vobere...

Patt
Patt

Gut.

Fang ruhig mit dem Üben an.

Ich setze mich zu dir.

Nun, stimmt schon. Ich bin schließlich diejenige, die das Ganze vorgeschlagen hat ...

Ich soll von mir aus was tun?!

Fang ruhig an.

Bitte?!

Lins

Streich

So was zum Beispiel.

Pft!

Nun, es tut mir schreck-lich leid.

Das sagt mir leider nichts.

Du darfst gerne alles tun, was du magst.

Wenn
...

...
wir nicht
vertrauter
miteinander
werden
...

...
können
wir nicht
miteinan-
der rum-
machen.

Du
wirst
viel zu
rot.

Ha
ha
ha

D...

Das
stimmt
...!

Das
stimmt
...!

Pfft!

Was jetzt?!

Was mach ich nur?!

Wenn dir etwas zuwider ist ...

... weise mich bitte eindeutig ab.

...

Eure Ausdrucksweise ...

Danke! Ich muss aufs Klo.

Eva!

Ich bringe Getränke.

Verzeihung!

コンコン
Klopf

Klopf

?!

?!

Zack

Als Mitglied des Aureshia-Klans ist es Euch sicherlich bewusst.

...
Lord Fahad ...

Lady Rachel ist nicht die leibliche Tochter der Jaharis.

Deshalb ist sie oft viel zu verbissen, um dem Familiennamen keine Schande zu bereiten.

Bitte zieht sie also nicht zu sehr auf.

Gnädiges Fräulein, das ist wirklich kein angebrachtes Thema ...

Die im Klo aufgestellten Blumen riechen wirklich bezaubernd, oder?

Ich bin wieder da!

Äh ...

Vermut-
lich hasst er
mich jetzt
...

Ah
...

Okay!
Wen
nehmen
wir als
Nächs-
tes?

Dann
wird er
jetzt wohl
der Achte
sein. Er wird
mich fallen
lassen.

Krickel Krickel Krickel

Ich
hab mich
aber auch
seltsam
aufge-
führt.

...

Kann es
sich denken ↑

Kritzel
Kritzel
Kritzel

Argh!
Wusste
ich's doch!
Liebesange-
legenheiten
liegen mir
nicht!

Kritzel

Lady
Rachel
...

Kritzel

Kritzel

...
durchschaut,
dass es mir
unangenehm
war.

Ah
...

Stimmt
ja, es gab
sonst nie-
manden
mehr.

Ich
muss
meinen
Bekann-
tenkreis
erwei-
tern.

Er hat
wohl
...

Eine Botschaft von Lord Fahad ist eingetroffen.

Bitte. Komm herein.

Er hat mich heute zu sich nach Hause eingeladen.

Bedeutet das, er hasst mich doch nicht?

Was für ein Anwesen...

Klappt's etwa?

Schaffe ich es bis zur Hochzeit?!

Setzt euch.

...

Ich habe bereits gehört ...

...

... dass du sie zu deiner Frau nehmen möchtest.

Ja.

Was ...

... gedenkst du dann mit deiner Verlobten zu tun?

So leid es mir tut ...

?!

?!

?!

Niemals ...

... hätte ich erwartet, einen solch unglaublichen Grund aus deinem Munde zu hören ...

... ich liebe Rachel aus ganzem Herzen.

Lord Fahad ...

Ich kann die Dame, die du für mich ausgewählt hast, nicht heiraten, Vater.

Dieses ... Dieses Vorgehen ...

... obwohl Ihr um meine Gefühle wisst ...

Stets ...

... habe ich Euch meine Liebe beteuert ...

... und dann so was ...

Warum ...?

?!

Ist das die Verlobte?!

Mit dieser Aktion verliert nicht nur sie ihr Gesicht, sondern auch ich.

Komm wieder zur Besinnung, Fahad.

Ich bin bei klarstem Verstand, Vater.

Als Beweis dafür habe ich meinen Teil des Unternehmens verlegt.

?!

Du!

Was denkst du dir dabei?

Das wäre geschafft.

Ha ha ha ...

Das nenn ich mal heftig!!

Hätte ich dich vorgewarnt, hättest du dir noch mehr Sorgen gemacht.

Verzeih.

Wie auch immer sich das weiterentwickelt ...

... unsere Verlobung wäre damit besiegelt.

Hör mal ...

...!

Könntest du mir ...

... was die Heirat angeht, noch etwas Bedenkzeit geben?

Ich ...

... habe nicht viel Ahnung in Sachen Liebe.

Aber in meinem Leben gibt es Menschen ...

... die ihren Wert kennen.

Das Mädchen ...

... hat geweint.

...

Ich kann das nicht einfach mit Füßen treten.

...
wenn der Tag, an dem ich ihren Wert begreife ...

Tut mir leid ...

... nie kommen sollte ...

Selbst ...

Natür-
lich von
Anfang
an.

Hä?!
Seit
wann?

Außerdem
schienst du
völlig desin-
teressiert an
mir, als ich
dich ange-
fasst habe.

Mir sind
Gerüchte zu
Ohren gekom-
men, dass du eine
Vielzahl Männer
angesprochen
hättest, weil du
es auf ihr Geld
abgesehen
hast.

Hä?!

Was
...?!

Er hat
mich also
getestet
...?

Meine
Aussa-
ge, dass
ich dich
liebe
...

...
r ge-
gen
...!

Ach
...

Das
weiß ich
doch.

Sie ist im Harem meines Vaters.

...?

Dann willst du mit dem Mädchen ...

Ich denke, würde ich sie heiraten, würde sie nur den richtigen Moment abwarten, um mich umzubringen.

?

Es ist auch in meinem Sinn, unverzüglich zu heiraten.

Schon gut.

Nun, es tut mir wirklich leid ...

Da ich dafür jedoch keine Beweise habe, wollte ich die Verlobung auf herkömmlichem Wege auflösen.

Heftig

Mein Vater favorisiert meinen älteren Bruder und kann mich nicht ausstehen, weil ich so herausteche.

Nicht der Rede wert.

Furchtbar ... Ich hatte ja keine Ahnung, dass du dich in einer derart schrecklichen Lage befindest.

U... Umbrin...?

Alles klar ...

Das erklärt, warum er sich ...

... auf mich eingelassen hat.

Echt übel ...

... dass ich doch nicht zu dir passe?

Überlegst du gerade ...

Hä?! Keinesfalls! So was Unverschämtes ...

Ich für meinen Teil ...

... würde mir nie in den Sinn kommen!

Übereinstimmende Interessen machen die Sache nämlich leichter.

Und so ...

... arrangierten wir unter dem Vorwand leidenschaftlicher Liebe ...

... unsere rein zweckdienliche Verlobung.

Ah, das stimmt ...

Es wäre allerdings hilfreich, wenn du dich etwas intimer mit mir geben würdest.

Wir wollen ein Liebespaar darstellen.

Ugh ...

Kapitel 2

Ich habe gehört, dass Fahad sich verlobt hat.

Tatsächlich das Mädel, das sein Vater für ihn vorgesehen hat?

Wer ist seine Verlobte?

Offenbar nicht.

Ernsthaft?! Ich hätte zu gern noch weitergeträumt ...

Fahad aus dem Hause Aureshia?!

Das kann nicht sein?!

Hä?

Wenn man vom Teufel spricht!

Gespielte Liebe
... oder doch nicht?

Wer ist das ...?

Hääääää ...?!

Die vom Jahari-Klan?

Ist das nicht vielleicht die eine ...?

Kennst du die?

Hä? Wer soll das sein?

Vergleichen mit Fahad, der Nummer eins unter der jüngeren Bevölkerung, wirke ich wie eine Dahergelaufene.

Tja, war klar ...

Ich bin nur mitgekommen, weil Fahad mich gebeten hat.

Wow ... Na bitte. Wusste ich doch ...

... dass das nicht gut gehen wird.

Um das hier zu überstehen, muss ich ...

1. Sie entweder im Glauben lassen, dass sie nicht an mich herankommen können, oder ...

2. Eine solche Vertrautheit zwischen uns zur Schau stellen, dass sie das Gefühl bekommen, nicht dazwischenfunken zu können.

Ich habe lediglich diese beiden Methoden zur Wahl.

Ich warte das richtige Timing ab ...

... hake mich dann bei ihm unter ...

... und lache mit ihm allein über Insiderwitze ...

Fahad ...

... willst du uns nicht allmählich die Dame an deiner Seite vorstellen?

Schreck

Rachel ...

Uh ...

Ja ...

Lärm

... kann es sein, dass du etwas nervös bist?

Keine Angst. Meine Freunde sind alles nette Leute.

Ich garantiere für ihren guten Charakter.

Ha ha ha! Sprich nicht so!

Und stell sie nicht so zur Schau.

Jaja.

Sieht dir gar nicht ähnlich.

Sie ist jetzt schließlich meine Verlobte.

Was redest du da? Ich bin extra hergekommen, um sie zur Schau zu stellen.

Hat er überhaupt nicht.

Ha ha ha

Ich habe mich Hals über Kopf in sie verliebt.

Es gibt ...

... da nur ein kleines Problem ...

Rachel? Was genau gefällt dir an Fahad?

Fahad und ich haben lediglich ...

... aus zufällig gemeinsamem Interesse eine Verlobung beschlossen.

Ich für meine Familie ...

... und Fahad, um seiner ehemaligen Verlobten zu entrinnen.

So spielen wir allen die große Liebe vor.

Äh ... Ah ...

Nun ... Ähm ...

Seine Zuverlässigkeit und seine Zukunftsperspektiven!

Mich fragst du nicht?

Oh? Du willst uns also wieder ...

... von ihr vorschwärmen? Gut.

...

Fahad versucht meine Unfähigkeit wieder geradezubügeln!

Ich ...

Ha ha ha ha! Als würdest du über einen Geschäftspartner sprechen!

Oder mit einer zweiten Umarmung aufwarten?

Wird er ein »Ich liebe alles an ihr! ♡« bringen?

Ich muss mich für seine Offensive wappnen.

... bin in Sachen Liebe eine Niete.

Oder ...

Ihre Stärke.

Sie ist in der Lage, eigenständig zu leben, unabhängig davon, ob ich an ihrer Seite bin oder nicht.

Das weckt in mir im Gegenzug jedoch nur das Bedürfnis, mich um sie zu kümmern.

Nicht wahr?

Fahad hingegen ...

Sie ist eine Schüchterne, was?

Ha ha ha

Flüster

Flüster

Huch? Das Mädel ist ja knallrot angelaufen. Geht es ihr gut?

Wow, das klingt ganz nach Fahad.

Flüster

... scheint in Liebesangelegenheiten ein Fachmann zu sein ...

Ha ha ha!

Du warst vor Nervosität wie erstarrt.

Nein, ich muss mich entschuldigen.

Ich habe dich dorthin mitgenommen und dir zu viel zugemutet.

Tut mir leid ...

Zu demonstrieren, wie nahe wir uns stehen ...

Das war die beste Methode, um die Atmosphäre, was für eine Dahergelaufene ich bitte sei, zu zerschlagen ...

Nein ...

Es wäre wohl besser gewesen, wenn ich nicht so an dir geklebt hätte, was?

Alles klar.

Ah ... Mhm ...

Ich muss mein Benehmen wirklich ändern!

Dann werden wir auch in Zukunft öffentlich zur Schau stellen, wie nahe wir uns stehen.

Ver- stehe.

Lord Fahad, es wird Zeit ...

Dann bis morgen.

Danke.

Sicher, weil er sein Unternehmen gerade erst abgetrennt hat ...

Ah!

... hierbei be- lassen. Meine Arbeit hat sich an- gehäuft.

Verzeih. Heute müssen wir es ...

Gute Arbeit!

Puh ...

Ihr könnt es als Glück ansehen, dass er jetzt nicht schon genug von Euch hat.

Wenn nötig, kann er sich jederzeit eine andere aus- suchen.

Wenn das so weiter- geht, wird Fahad irgend- wann die Nase voll von mir haben.

Ich bin alle ...

Auch wenn ich keinen Bock hab ...

Auf jeden Fall muss ich wiederholen, wie ich mich bei gesellschaftlichen Treffen zu verhalten habe ...

Ich muss überlegen, ob ich etwas vorbereiten kann, das für ihn von Vorteil wäre.

Mir bleibt nichts anderes übrig, als mich dafür auf Rollenbeispiele aus meiner Familie zu verlassen ...

War gerade im Begriff, ihn zu füttern.

Du möchtest das nächste Mal mit zu einer unserer Veranstaltungen?

Was?

?!

Warum?!

Nun, ähm ...

Weißt du ...

... aber die nächste werden wir wohl absagen ...

Nun, das freut mich zwar ...

Ja
...

Wegen den üblen Gerüchten über uns?

Zum Beispiel soll die Qualität des Goldes der Schmuckwaren unseres Klans nicht gut sein.

Unter den jungen Menschen kursieren zudem Gerüchte, dass unsere Steine unecht sind.

Daher haben wir beschlossen, uns von gesellschaftlichen Veranstaltungen fernzuhalten, bis sich die Lage beruhigt hat
...

Aber
...

Wenn man so lange im Geschäft ist, passiert eben auch einiges.

Ah! Du brauchst dir nicht solche Sorgen zu machen!

Die Ferienresidenz, die Ihr zum Verkauf gestellt habt
...!

Gnädiger Herr!

Alle unsere alten Bekannten stehen uns bei.

Es ist alles gut.

Sieht aus, als wäre sie vergangene Nacht demoliert worden ...

Soso. In dem Fall kann sie noch mal ordentlich im Preis runtergehandelt werden.

Oder wir werden sie wegen all der üblen Gerüchte gar nicht erst ...

... verkaufen können.

Alles machen sie hinter meinem Rücken!

Heißt das, sie hatten schon vorher beschlossen sie zu verkaufen?!

Ich war doch neulich erst mit Fahad hier!!

... eher mit Lord Fahad zu tun haben könnte?

Meint Ihr nicht, dass es statt mit Gerüchten und desgleichen ...

Gnädiges Fräulein ...

Einerseits, weil von Anfang an Bekannte von ihm zu verdächtigen seinen Eindruck von mir verschlechtern könnte.

Soso. Freunde von mir sollen das gewesen sein? Hm ... Aha ...

Sie hat's ihm gepetzt?!

Und andererseits, weil es sehr wahrscheinlich wäre, dass es die Täter, selbst wenn Fahad sie zur Rede stellen sollte, noch mehr aufstacheln würde.

Was bildet die sich ein?!

Dass es eifersüchtige Frauen gewesen sein könnten ...

Insgeheim denkt Ihr das doch auch, oder, gnädiges Fräulein?

Stimmt ...

... mein Vater legt größten Wert darauf, sich mit allen gut zu stellen.

So etwas wäre also am plausibelsten.

Nein.

Falls möglich, möchte ich den Sachverhalt aufklären, ohne ihn darüber zu unterrichten.

Dann solltet Ihr unverzüglich zu Lord Fahad ...

Ihr versucht verzweifelt, nicht gehasst zu werden, was?

Ich möchte ihn nicht unnötig belasten ...

Zudem scheint er schwer beschäftigt mit seiner Arbeit.

Danke!

Ich sehe mich hier noch ein bisschen in der Gegend um.

Dann frage ich einen Freund, der in dem Haus dient, in welchem letzte Nacht das Bankett abgehalten wurde, wer alles teilgenommen hat.

Ich verste he.

Klimper

Es ergibt keinen Sinn ...

... dass meine Verlobung mit Fahad meiner Familie schaden könnte.

Vater und Mutter würden sich nur Sorgen machen ...

... wenn es tatsächlich mit mir zu tun hätte.

Garamm

Also muss ich das schleunigst ...

...
aufklären.

Hallo!

Das ist der besagte Freund.

Arbeit, die sich angestaut hat.

... in letzter Zeit gar nichts?

Rachel, machst du ...

Informationen über die dreißigste Person ...

Die Nächste!

Reicht es jetzt nicht langsam mal? Ich bin müde.

Ah, setze das Geschäft fort.

Wie gedenkt Ihr bezüglich der Angelegenheit von neulich vorzugehen?

Wie geplant zum 1,2-Fachen des verlangten Preises.

Lord Fahad ...

Hm
...

... sie bittet mich gar nicht um Hilfe ...

?

Nichts weiter. Wann ist die nächste Abendveranstaltung?

Sagt mal ...

Lärm

Lärm

Seid ihr nicht vielleicht diejenigen ...

... die mir übel mitspielen?

Na hör mal!

... Meinst du etwa, als Fahads Verlobte kannst du es dir herausnehmen ...

... so eine unverschämte Frage zu stellen?

Gehen wir!

Klingelt da nichts bei euch?

Oder das Zerstören unseres Ferienhauses?

Zum Beispiel durch gegenstandslose Gerüchte über meine Familie?

?

Was meinst du?

Du bist die Tochter einer Zweitfrau, oder?

In Sachen sich an Reiche ranschmeißen und diese ausnutzen fällt der Apfel nicht weit vom Stamm!

Das musst du mir mal beibringen!

Lass gut sein.

Sie ist doch diejenige, die hier mit falschen Beschuldigungen angekommen ist, obwohl sie keine Beweise hat!

Von den Nachbarn habe ich außerdem Zeugenberichte gesammelt.

In der Gegend wohnen nämlich viele Bekannte von uns.

Also dann ...

Ein derart feines Werk ist selten, daher ist auch bekannt, wem er verkauft wurde.

Der hat in den Trümmern gesteckt.

Am Schliff lässt sich erkennen, dass es ein Produkt von einem Facharbeiter der Marke Murgh ist.

!

...

Klimper

チャリッ...

Genau deswegen hab ich gesagt, wir gehen!

Was redest du da?!

Ich wurde lediglich aufgefordert mitzukommen...

Du irrst dich!

Wenn ihr mit den Gängeleien aufhört, habe ich nicht vor, großen Wind um die Sache zu machen.

Ich halte die Liebe, die ihr für Fahad hegt, für etwas sehr Kostbares.

Sie durch solche Handlungen zu beschmutzen, ist doch sicher nicht in eurem Sinne, oder?

Was heißt hier kostbar?! Nimm uns nicht auf den Arm!!

Ist doch komisch, wie du tust, als würde dich das nicht tangieren!

Liebst du Fahad überhaupt?!

Bedarf es noch weiterer Erklärungen?

Nein, ich ...

Ich liebe ihn ... Ich liebe ihn über alles ...

Hä ?...

Das klingt so verlogen, wie du das sagst!

Nutzt du nicht einfach nur seine Gefühle für dich aus?!

... und das, obwohl Fahad solche Rücksicht auf dich nimmt!

Du wirkst extrem abweisend ihm gegenüber ...

Aber wie ich's mir dachte ...

Keif ゆいゆい Keif
Bedräng ゆいゆい Bedräng

Ah ... Ich dachte, dass ich hier in aller Seelenruhe meine Krisenmanagement-Skills glänzen lasse ...

Rachel.

Ich komme wohl wirklich abweisend rüber.

Endlich habe ich dich gefunden.

Unterhaltet ihr euch gerade?

Darf ich Rachel kurz entführen?

Lass uns gehen.

Uh ...

Ah!

J...

Ja ...

... soll bezeugen, dass du dich mit mir verlobt hast.

Schreck
はっ...!

Ab jetzt heißt es schauspielen ...!

Dieser Ring ...

... verspürte aber stattdessen das Bedürfnis, ihn dir so schnell wie möglich zu schenken.

Eigentlich hatte ich mir so manche Szenarien dafür überlegt ...

D...

Danke ...

R...

... dafür ...

Im Business birgt ...

Nein, tut es nicht.

Reicht das so aus?!

... eine Notlage auch immer eine neue Chance ...

Fahad ...

Die Mädels von eben

Wow!

Übrigens ...

... habe ich mir erlaubt, die Ferienresidenz deiner Familie zu kaufen.

Hä?

Da das eine besorgniserregende Tat ist, möchte ich den Täter finden und entsprechende Maßnahmen ergreifen.

Sie scheint jedoch kurz davor demoliert worden zu sein.

Hast du vielleicht irgendeinen Hinweis?

Extra laut

Methoden, um mich vom Status einer Dahergelaufenen zu befreien ...

Sag's ihm nicht ...

Nein ...

Nicht wirklich ...

3. Mir die Schwachstellen meines Umfelds zunutze machen.

Seit wann wusstest du Bescheid?

Also so ziemlich von Anfang an.

Seit seltsame Gerüchte über deine Familie in Umlauf gerieten. Das fand ich verdächtig.

Hier in der Ferien- residenz zusammen- zuleben?

Ach ...

Übrigens ...

Wann wollen wir damit an- fangen?

?!

?

... gesagt.

Nur zu!

Genau richtig als neues Zuhause für euch beide, was?

... aber als ich die Ferienresi- denz kaufte, hat dein Vater ...

Ja, das hatte ich geplant ...

Wolltest du nicht eine neue Unterkunft ...

Auf diese chaotische Weise ...

Uh ...

Ha ha ha

Jetzt lässt sich das nicht mehr ändern ...

... wurde beschlossen, dass wir zu- sammenleben werden.

Kapitel 3

Uwah!

Sorry!

くるっ
Wegdreh

Schon gut.

Du willst hier rein, oder?

Ich bin gleich fertig. Warte bitte.

War- ten ....?!

So in etwa dachte ich, dass Euer Zusammen- leben ...

... ablaufen würde ...

Uwaaaah!

Wie kommst du da- rauf?

Kapitel 3

Zum einen ...

... ist Fahad kaum zu Hause.

Zehn Tage sind vergangen ...

... seit Fahad und ich zusammengezogen sind.

Ein Großteil meiner Arbeit findet draußen statt.

Allerdings ist es ...

Ich übernachte schon mal am Arbeitsplatz.

Nimm du dir also ruhig das größte Zimmer.

Krickel Krickel

... sehr viel entspannter, als ich mir vorgestellt habe!

Gespielte Liebe
... oder doch nicht?

Die Arbeits-
stätten, die
ich häufig be-
suche, sind in
der Nähe.

Das
demolierte
Haus wurde
nicht nur re-
pariert, son-
dern auf-
gestockt.

Das
passt mir
bestens!

Ist
es okay,
wenn wir
getrennt
essen?

Zudem
wohnen
wir in ge-
trennten
Zim-
mern.

Da das
Haus ur-
sprünglich
uns gehört
hat, fühle ich
mich hier
wohl.

Genauso
wie das Café,
das ich mag.

Ich spare
allerdings gerade,
deswegen kann ich
nicht wirklich hin.

Zimmer
für Bediens-
tete bei der
Küche.

Wir
können
zusammen
essen, wenn
das Timing
passt.

Informiere
den Koch bitte
über deine
Vorlieben.

Huch?

...
schaffe ich
es schon irgend-
wie, ohne dass
er anfängt mich
zu hassen
...

...
aber bei
dem wenigen
Kontakt
...

Ich war
mir ja nicht
sicher, wie
es werden
würde
...

Freudige Begrü-
ßungen, sichere Ge-
sprächsthemen.

Ja.

Ich mag das Design. Er gefällt mir wirklich gut.

Und vor anderen Leuten muss ich ihn ohnehin tragen.

Den Verlobungsring ...

... tragt Ihr wohl die ganze Zeit?

Wahnsinn, oder? Dass Fahad ...

... mich mit so was beschenken kann ...

Dieses Design habe ich noch nie gesehen. Muss also eine Sonderanfertigung sein ...

... aber die Fertigung offenbar woanders in Auftrag gegeben.

... er hat den Stein dafür heimlich bei uns gekauft ...

Weißt du ...

Ich hab Angst zu fragen, was der gekostet haben könnte

Braucht Ihr auch nicht.

Er hat uns den besten Stein abgekauft!

Ja,
das war
wirklich
beeindru-
ckend.

Ich möchte
so viel verdienen,
dass ich mir aus
der Portokasse
ein Ferienhaus
kaufen kann.

Ich hab
mich ein klein
wenig in ihn
verschos-
sen.

Guten
Abend.

...
wenn man
davon aus-
geht, sich von
der Freundin zu
trennen, kauft
man doch für ge-
wöhnlich nicht
die Ferienresi-
denz ihrer
Fami...

Aber
...

Ah
...

Ich hab
Angst, dass
er mich hassen
könnte, wenn
ich was Selt-
sames sage
...

Ehrlich
gesagt,
bin ich immer
noch etwas
nervös, wenn
ich ihn an-
spreche.

Was heißt hier auf gute Zweisamkeit?

Ah ...

Gute Idee. Auf gute Zweisamkeit ...

Wie wär's, wenn wir nach all der Zeit mal wieder zusammen speisen würden?

Hast du schon gegessen?

Du willst ein Bankett abhalten?

Das will ich sehen!

Eine Verlobte!

Eine neue Unterkunft!

Verstehe.

... jetzt, wo ich mein Unternehmen abgetrennt habe.

Meine Arbeitskollegen haben mich aufgefordert, eine Dinnerparty abzuhalten und sie dazu einzuladen ...

Ja, aber größtenteils aus Geschäftsgründen.

... und beim Chef zu Hause eine Grillparty machen also ...

Die Untergebenen zusammentrommeln

Business...

Alles klar.

Danke für deine Kooperation.

Falls du eine Gästeliste oder etwas in der Art hast, würde ich sie gerne sehen.

Das würde mir ihre Begrüßung erleichtern.

Es wäre mir eine große Hilfe, wenn du ebenfalls daran teilnehmen würdest.

Einverstanden.

Die ganzen Vorbereitungen übernehme ich.

Das sind keine Leute, die dem groß Augenmerk schenken werden.

Du brauchst dich auf der Party auch nicht groß zwingen, sehr vertraut mit mir zu tun.

...

Er hat's gemerkt ...

Das hat dich eindeutig erleichtert, was?

Ha ha ha

Puh ...

Was für eine bezaubernde Residenz.

Lord Fahad!

Herzlichen Dank für die Einladung heute.

Kommt herein ...

... und macht es euch bequem.

Ja, das ist meine Verlobte.

Oh!

Ist das vielleicht Eure ...

Freut mich, Euch kennenzulernen. Ich bin Rachel Jahari.

Kommt bitte herein.

Das müsste der Direktor ... und seine Frau. sein ...

Verstehe ...

Bei Fahads Untergebenen habe ich mir hauptsächlich Jüngere vorgestellt.

Aber die Altersunterschiede sind größer, als ich annahm.

Er hat's wirklich geschafft, sie alle für sein Unternehmen zu gewinnen.

Er hat tatsächlich eine enorme Anziehungskraft.

Ob er immer in so einer Atmosphäre arbeitet?

Wow ...

Hm?

Wohin geht er denn?

Das wüsste ich auch gern ...

Ah! Der Stein ...

... stammt zwar von uns, aber das Design ...

Das ist eine Sonderanfertigung des Designers Yermes.

Er hat nämlich herausgefunden, dass es sich hierbei um Lady Rachels Lieblings-designer handelt.

Er hat wohl ein wenig seinen Einfluss spielen lassen, damit seine Bestellung vorgezogen wurde.

Was?! Wartet man dort nicht zwei Jahre auf seine Bestellung?

Und dann ist es auch noch so ein originelles Design!

... ein Diener Fahads?

Ist dieser Mann ...

Woher weiß er das? Was geht hier vor?

Ich kann mich nicht entsin-nen, Fahad das gesagt zu haben.

?!

So ein Geschenk ist typisch für Lord Fahad!

Aber dass er Euren extra vorziehen ließ, ist schon heftig

Hat er etwa meinen Vater danach gefragt ...?

Kann es sein ...?

Hah は...っ

Rachel, was für Designer sind bei jungen Frauen angesagt?

Hm, in meinem Fall wäre das Yermes.

Vor etwa zwei Jahren

Er muss Euch wahnsinnig lieben ...

... wenn er auf solche Details achtet!

Ich hatte gedacht ...

... es würde sich hierbei um etwas Simpleres handeln ...

Sein Geld und sein Aussehen.

!

Rachel, was liebt Ihr an Lord Fahad?

ha, Schreck

Äh ... Also ...

Ehrlichkeit währt am längsten!

Ha ha ...

Ha ha ...

Ich bin in ein extremes Fettnäpfchen getreten!

Also möglichst nah an der Wahrheit dran ...

Letztes Mal bin ich ordentlich ins Fettnäpfchen getreten. Der gleiche Fehler passiert mir nicht noch einmal.

Da ist sie wieder, diese Frage!

... und dennoch geistreich ...

Domp

Fahad hat womöglich die Schnauze voll von mir, jetzt, da ich es wieder versemmelt habe.

Aber ich habe zu große Angst, um zu ihm rüberzuschauen. Tut mir leid, Fahad ...

Kann ich das überhaupt noch retten?

Ähm ... Natürlich hat er auch ganz viele andere tolle Seiten ...

Rachel, trink den hier zusammen mit Fahad.

Aber er meinte eigentlich, dass es beim heutigen Bankett keinen geben würde.

...!

Ich habe welchen reingemacht.

Mein Vater hatte ihn mir gegeben.

Er wird doch sofort schwer betrunken und kann sich dann nicht mehr vernünftig unterhalten.

Huch?

Hat Lord Fahad etwa Alkohol getrunken?

?!

?!

Er verträgt nichts?

Das hätte ich nicht erwartet!

?!

Gwit

ﾄﾞﾝ

Uwah!

Euer Ernst?

Kommt ...

Haaach!

Waah!

Ohooo!

Ha ha ha ha ha ha

Was redet ihr da ...?

Sie hat wohl keine andere Wahl.

Wird sie es ihm mit ihrem Mund ein- flößen?

Ähm, wie soll ich das anstellen ...?

Lord Fahad!

Oder ist das nur dämliches Geschwätz von Besof- fenen?

Ich habe keinen blassen Schimmer ...

Ist sich über den Mund was einzuflö- ßen ...

Ähm ...

Hach!

Was nur?

... etwas, was gewöhn- liche Pärchen tagtäglich machen?

Ha ha ha

Also dann ...

Ha ha

Unsere werten Gäste müs- sen sich all- mählich zurück- ziehen ...

... also bringen wir ihn jetzt ins Schlaf- gemach.

Alles klar. Schafft Ihr das?

Sie will flüch- ten ...

Dann trage ich ihn jetzt einfach dorthin.

Evaaa!

Genug gefeiert.

Entschul- digt mich nun.

Was für ein Notfall denn?

Ja, schaffe ich. Mein Ehemann ist zwar schwer, aber wenn ich ihn ...

... im Notfall nicht allein schultern kann, gerate ich in Schwie- rigkeiten.

Rumms

Aaah!

Was für ein Bro- cken!

Katschack

Lins

Puh ...

Ich habe ihm ...

... mit dem Alkohol was Übles ange-tan, was?

Wasser ...

... bitte ...

Hier!

Stimmt ja!

Ah!

!!

Ein Glück! Ich musste es ihm nicht mit dem Mund einflößen.

?

Pfft ...

かああ

Fwuah

Ehe-
mann,
ja?

Es
war wohl
etwas vor-
eilig, dich
so zu
nennen,
was?

Was
hätte ich
statt-
dessen
sagen
sollen
...?

Nein
...

しまっ

Schreck

Er ist
wohl wirk-
lich be-
trunken
...

Was war
daran
witzig?

Es
war nur
witzig
...

ごろん

Poff

Ha
ha

Ich war überrascht ... ... und hab mich sehr gefreut.

Und dann war ich überrascht darüber, wie sehr ich mich gefreut hab.

Uwah!

Ich
wünschte
...

... du wür-
dest öfter
lächeln.

Plopp

ぱた

Zzz

す

Ich wirke wahrscheinlich immer abweisend!

Tatsache!

Gut, jetzt muss ich zurück, die Gäste unterhalten ...

... meinen Mut zusammengenommen und mich für den Ring bedankt zu haben.

Heute möchte ich mich allerdings dafür loben ...

Ich traue mir da zwar nicht viel zu, aber ich werde versuchen, in Zukunft drauf zu achten.

Hopp

Nein! Nein! Nein!

Ich habe dir gestern eine unansehnliche Seite von mir gezeigt.

Als Entschuldigung ...

... gebe ich dir das hier.

Ein heißer Kerl, der sie direkt ...

Das sind keine Sachen, mit denen du mich so überschütten solltest.

Nun, aber ...

... da ich eingeschlafen bin, musstest du für die Gäste herhalten.

Schließlich war es auch meine Schuld!

Und du brauchst dich wirklich nicht entschuldigen.

Außerdem sagten sie alle, dass sie großen Spaß hatten, womit du mir sehr geholfen hast.

Wenn du sie nicht brauchst, kannst du sie gerne verkaufen. Nimm sie also bitte an.

Ich hab's doch gerade erst geschafft, mich zu bedanken.

... mit Kostbarkeiten beschenkt.

Nicht dafür.

Dann bewahre ich sie mir für den Fall der Fälle als Notreserve für Lebenshaltungskosten auf.

...

Danke ...

Lächel

D...

Danke!

Hah

Ah ...

Warte!

Gern geschehen.

Patamm

Ich wünschte mir eben- falls ...

... du würdest häufiger lächeln, Fahad.

Schrrt

Kapitel 4

Rachel ...

... weißt du schon, wann die Hochzeit stattfinden wird?

Ihr scheint ja eine Menge Spaß zu haben!

Lasst uns eine Halskette mit einem riesigen Klunker anfertigen!

Was für eine Brauttracht schwebt dir im Sinn?

Wollt ihr euch nicht schon für ein Datum entscheiden?

Gespielte Liebe
... oder doch nicht?

Ieek!

Statt-
dessen soll-
test du lieber
einen Plan
erstellen,
wie du unser
Unterneh-
men wieder
aufbauen
kannst,
Vater.

Solange
wir noch
das Geld
haben, das
wir Fahads
Kauf unseres
Ferienhauses
zu verdanken
haben!

Ich habe
meine Eltern
zwar ge-
scholten
...

So, ich
nehme diese
Arbeiten mit
nach Hause.

... aber in
meinem
Herzen
...

... war ich
rastlos.

Stimmt
ja. Wenn
man sich
verlobt
...

... muss
darauf eine
Hochzeit
folgen
...

Ich finde, wir brauchen an diesem Punkt keine Hochzeits-feier mehr ...

... hatte ich das trügerische Gefühl, dass es damit schon genug war.

... und ich ein ordentli-ches Sümm-chen be-kommen habe ...

Weil wir be-reits zu-sammen-leben ...

... aber für unsere Eltern und Verwand-ten sieht das wohl anders aus ...

Fahad hatte schließlich auch nur das Ziel, seine vorherige Verlobung aufzulösen.

Es beruhigt mich, dass seine Einstellung zur Hochzeit der meinen ent-spricht ...

Ja, das stimmt.

Da wir uns verlobt haben ...

Ich habe mir bereits darüber Gedan-ken ge-macht ...

... sollten wir auch heiraten.

Wäre es für dich in Ordnung, wenn wir die Hochzeit ...

... noch aufschieben?

Und mit beruhigt ...

...
wenn mein Vater seine Angriffe auf mich eingestellt hat.

... meine ich ...

Ich möchte erst heiraten, wenn sich die Lage bei mir etwas beruhigt hat.

Sollten wir dann auch noch einen Nachkommen zeugen, sind Probleme vorprogrammiert.

Wenn wir in der jetzigen Lage heiraten, besteht die Wahrscheinlichkeit, dass du auch zur Zielscheibe wirst.

Ich hab Angst ...

Ah ...

Ich hoffe, deine Eltern haben Verständnis dafür.

Das stimmt.

... können wir uns außerdem nicht mehr so leicht trennen.

Wenn erst mal ein Kind da ist ...

Nachko...

Wenn diese Situation sich zu sehr in die Länge zieht, überlegen wir uns eine andere Lösung.

Schließlich täte es mir leid, dich ewig hinzuhalten.

Also dann ...

Ich weiß nicht ...

In so einem Fall würden wir uns also trennen, ja?

Patamm

... ob es daran liegt, dass Fahad sein Zuhause verlassen und sein Unternehmen abgetrennt hat ...

... aber er ist tagtäglich schwer beschäftigt.

Kurz gesagt ...

... ist aktuell ...

... lediglich mein Leben durch die Verlobung leichter geworden.

... für ihn tun kann ...

Das ist das Einzige, was ich gegenwärtig ...

Ich muss mich bemühen, als seine Verlobte wenigstens tapfer zu sein ...

... und ihm keine unnötigen Probleme zu bereiten!

Klopf

Klopf

Die (ehemalige) Verlobte!

Entschuldige, dass ich dich so überfalle.

Ah ...

Ist die süß ...

Ach ... Ich bin nicht wegen ihm hier ...

Fahad ist gerade nicht zu Hause ...

Hä?

Und entschuldige mein Verhalten damals.

Mein Name ist Nadira.

Verdeckt ihre geschmacklose Kleidung

Wür- dest du ...

... dich mit mir unter- halten?

... kommt jetzt ...

... etwas ungele...

Darf ich dir Tee anbieten ...?

Gibt sich geschlagen.

Worüber denn?! Das geht nicht!

Hää ...?!

Hatte sie nicht vorge- habt, Fahad zu ermor- den?!

Ich hab Angst ...

Nun ... Das ...

Vielen Dank, dass du dir Zeit für mich nimmst.

... dir etwas über mich erzählt?

Ähm, hat Lord Fahad ...

Ach, schon gut ...

Das kann ich un- möglich sagen.

Nein ...

Sie ist im Harem meines Vaters und hat wohl vor, mich umzubringen.

Schluck

Nun ...

... ich denke, es wird schockierend für dich sein, wenn ich dich aus heite- rem Himmel da- mit überfalle ...

Was redest du da?!

Du wirst also keinerlei Nutzen daraus ziehen, dich mit mir anzufreunden ... daher ...

Fahad hat sich nicht mit mir verlobt, weil ich attraktiver bin als du.

Das ist nichts, was eine junge Frau in der Regel vermag.

Mir ist zu Ohren gekommen, dass du die Finanzen eures Familienunternehmens verwaltest, Rachel.

Schreck

Du bist höchst attraktiv!

Sicher hat Lord Fahad sich zu deiner Stärke ...

... und Tapferkeit hingezogen gefühlt! So etwas besitze ich nicht!

... auch wenn's mich zugegeben irgendwie sehr gefreut hat.

... aber das war sicherlich nur falsche Nettigkeit ...

In der Tat wurde mir so was bereits gesagt ...

Aber natürlich möchte ich dich zu nichts zwingen.

Ich habe das Gefühl, dass ich ebenfalls mein Bestes geben könnte, wenn ich mit einer Frau wie dir befreundet wäre ...

Wenn ich mich davon ins Wanken bringen lasse, spiele ich ihr nur in die Hände.

Egal! Was hat das schon zu bedeuten?

Geht es ...

... wirklich nicht?

Ah ...

Nun ...

Verzeihung.

Racheeeel!

Ihr habt weiteren Be...

Wir haben dir ein Souvenir mitgebracht!

Es ist jetzt wirklich schlecht, geht also bitte erst mal nach Hause!

Freut mich, dich kennenzulernen!

Guten Tag!

Ist die Dame hier eine Freundin von dir?

Huch? Ist Fahad nicht da?

Ihr stört gera-de!

Aaaaah!

Ich bin Lord Fahads Ex-Ver...

Freut mich, Euch kennenzulernen.

So eine bezaubernde Freundin hast du also.

...

Ihr Name lautet Nadira!

Sie ist eine gemeinsame Freundin von Fahad und mir.

Eva ... Hach, Eva ... Warum musst du ausgerechnet heute freihaben?

Das ist ein typisches Mitbringsel aus dem Osten ...

... einen aus Holz geschnitzten Bären mitgebracht!

Hätten wir das gewusst, hätten wir ihr auch ...

Eva hat ein bis zwei Tage die Woche frei. Da Rachel arm ist, kann sie keine weiteren Bediensteten einstellen.

Ihr wollt euch jetzt nicht ernsthaft hier breitmachen?!

Na dann ...

... wollen wir ein wenig Tee trinken, bis Fahad wiederkommt.

Ganz entspannt in ihrem ehemaligen Zweithaus

Das liegt daran, dass ich nicht über Fahad oder die Hochzeit gelöchert werden will ...

Immerhin willst du jedes Mal, wenn du uns zu Hause besuchen kommst, gleich wieder heim, Rachel.

Ist doch nichts dabei?

Es sind daher noch nicht viele Tage vergangen, seit wir Freundinnen geworden sind.

... hat mir Rachel erst vor Kurzem vorgestellt.

Worüber unterhaltet ihr drei euch für gewöhnlich?

Da ich Rachel jedoch sehr bewundere, möchte ich mich ab jetzt noch enger mit ihr anfreunden.

Lord Fahad ...

Ah! Mal überlegen ... Ähm ...

Sie hat prompt die Stimmung gelesen und geschmeidig Begebenheiten von sich gegeben, in denen auch Wahrheit mitschwang.

Sie hat zweifellos was auf dem Kasten!

Hä?! Wie kommt's?!

Erzähl uns doch mehr darüber!

Ich muss die drei freundlich dazu bringen, wieder nach Hause zu gehen ...

Nein, das ist jetzt nicht der richtige Moment, sie zu bewundern!

Och nein, sprich doch bitte keine problematischen Themen an, Vater!

Von außen betrachtet, wirkt er absolut perfekt.

Wie war Fahad so als Kind?

Darüber habe ich selbst nur sehr begrenztes Wissen ...

... aber mit zehn Jahren soll er seinen großen Bruder bereits zum Handelsplatz begleitet haben.

Außerdem soll er mit großer Begeisterung an pharmazeutischen Vorlesungen teilgenommen haben.

Eigentlich wäre er aber lieber in Richtung pharmazeutischer Forschungen vorangeschritten.

Aktuell fokussiert er sich auf die Betriebsführung.

Ich würde zu gerne wissen ...

... was seinen Vater und seine Ex-Verlobte dazu veranlasst hat, ihm nach dem Leben zu trachten.

Das höre ich zum ersten Mal.

Mit seinem großen Bruder ...

... ist wohl derjenige gemeint, den sein Vater bevorzugt ...

Ich weiß …

… in Wirklichkeit gar nichts über Fahad.

So ist das also …

Mit Nadira kannst du dich sicher gut …

Ja! Sie hat eine tolle Form!

Zu Hause würde sie sich als Deko sehr gut machen …

Äh … Nun … Ha ha ha …

Und ich bin froh, dass ich Rachels Eltern begegnen durfte!

… in Sachen Liebe beraten, weil sie Fahad so gut kennt, oder, Rachel?

Hey … Ähm …

Dann werden wir dir auch so einen Bären kaufen. Magst du mal bei uns auf einen Plausch vorbeikommen?

Die Figur ist so geschmackvoll …

Nicht wahr?!

Was?! Ginge das in Ordnung?!

?!

Ah …

Ah …

So wird das nichts.

Ich muss hier tapfer ...

... als seine Verlobte ...

Uh ...

Vater! Mutter!

Geht jetzt bitte endlich nach Hause!

Nanu?

Hah

Fahad ...

Dann wollen wir doch mal neuen Tee aufsetzen.

Wir wollten gerade aufbrechen. Machen wir das ein anderes Mal, Fahad.

Nein, schon gut ...

Das ist ja eine richtige Versammlung hier!

Nadira, solltest du ein Anliegen haben, sag Bescheid und ich nehme mir Zeit für dich.

Wie schade.

Okay ...

Ich bin wieder zu Hause ...

... Rachel.

Ah!

Ja ...

Nun denn ...

Wollen wir unsere Gäste verabschieden?

Rachel
...

... mach's gut!

Auf ein baldiges Wieder-sehen!

Du scheinst es schwer gehabt zu haben.

Gute Arbeit.

Na ja ...

Ha ha ...

Warum war sie da?

In Zukunft darfst du sie am Eingangstor in meinem Namen abweisen.

...
Ja
...

Aha ...
Du bist schwach gegenüber solchen Dingen, was?

Nun, sie stand plötzlich am Eingangstor, den Tränen nahe. Da konnte ich nicht anders ...

Starr

Ver-standen ...

Sag
...
Ist alles in Ordnung bei dir? Hat sie dir auch nichts an-getan?

?

?

Ich sollte das Wachhaus dafür etwas erweitern.

Ich werde auch einen weiteren Wächter engagieren.

Hä?

Hä?!

Aber das Geld ...

Ich werde für diese Tage einen weiteren Bediensteten einstellen.

Eva hat heute frei, richtig?

Ah! Alles bestens! Ich habe aufgepasst, dass sie mir kein Gift oder so was unterjubelt.

Lass uns außerdem das nächste Mal ein Geschenk zu deinen Eltern nach Hause mitnehmen.

Als Dank für ihr Souvenir heute.

Ah ...

Du hast recht. Danke.

Heute ist rein gar nichts gut gelaufen.

Poff

Oha ...

Patamm

Ich konnte das Mädel überhaupt nicht geschickt in die Schranken weisen.

Meine Eltern waren sicher auch überrascht, dass ich so mit ihnen gesprochen habe.

Und Fahad ...

... hab ich nur endlos Umstände bereitet.

Ich bin komplett nutzlos.

Klopf

Klopf

...?

Lord Fahad hat mir aufgetragen, Euch den zu bringen.

Ent-schul-digt bitte.

D...

Danke...

Das riecht gut.

Das ist etwas, das Fahad immer trinkt, Kaffee.

Fahad!

Hätte ich sie schneller dazu gebracht, wieder zu gehen, hätte ich dir keine unnötigen Sorgen bereitet.

Ich entschuldige mich für heute.

Nein ...

Ich bin derjenige, der dir Ärger bereitet.

Das stimmt nicht.

Aktuell bist du doch derjenige, der Einbußen wegstecken muss, oder?

Was für ein Taugenichts!

Nicht mal die banalsten Problemchen kriegt sie gelöst.

Deine Verlobte hat es auf dein Geld abgesehen und ist eine Frau ohne Charme.

Nur so etwas wie ... in den Tiefen unserer Mine wachsen zahlreiche Heilkräuter. Ich könnte dir endlos viele davon holen ... Danach könnte ich Handelswege zu Adligen erstellen, die gerade Geschäfte machen und mit Medizin handeln. Ah, und Probleme, für die kein Fachwissen benötigt wird, löse ich gerne für dich.

Mir fallen nämlich nicht wirklich Dinge ein, die ich zum Dank für dich tun könnte.

Wenn es etwas gibt, was ich für dich tun kann, dann möchte ich, dass du es mir sagst.

W... Wie dem auch sei ...

Business...

Keine falsche Scheu. Du kannst mich um alles bitten.

Vielen Dank.

Um alles?

Ja, um alles ...

... was in meiner Macht liegt!

Verstehe ...

Wenn das so ist ...

... wo genau wäre da die Grenze?

Die Grenze ...

... fragst du?

Ich hab keine Ahnung! Ich weiß keine optimale Lösung dafür!

Aber selbst wenn er es tatsächlich im sexuellen Sinne meinen sollte, was mach ich dann?

Ich möchte vermeiden, danebenzuschießen!

... aber was, wenn er das gar nicht so meint?

Hä?! Was?! Ich kann das gerade nur sexuell auffassen ...

Pfft!

Dann werde ich es mir mal überlegen.

Möchtest du noch eine Tasse Kaffee?

Ah!

Ja, gerne!

Gewiss doch.

Bring mir bitte bei, wie man ihn aufbrüht und welche Bohnen du magst.

Das möchte ich auch lernen.

Gespielte Liebe ... oder doch nicht? ① / Ende

Des Kaisers größter Schatz

Bonus

Wir befinden uns im Land Sho.

...
doch seit der neue Kaiser den Thron bestiegen hat, herrscht Frieden und Ordnung. Das Leben ist in die Stadt um den Palast herum zurückgekehrt. Das ist selbst gemeinem Fußvolk wie mir bewusst.

Eine Zeit lang war es so gut wie zerfallen ...

Allerdings ...

... ist die Frau, die ich geliebt habe ...

... zur Gemahlin jenes Kaisers geworden.

Sag mal ...

Du belässt es völlig unverbindlich und wechselst Frauen wie Unterhosen.

...dass du dich etwas zu sehr an Kouran aufhängst?

Findest du nicht...

Hör auf von deinen anderen Frauen zu erwarten, dass sie wie sie sind!

Es gibt nicht so viele, die so rein und voller Liebe für andere sind wie sie.

Zuck

Ich führe ernsthafte Liebesbeziehungen! Im Gegensatz zu dir!

Ich vergewissere mich eben, ob der jeweilige Mann auch zu mir passt!

Komm, du wechselst deine Kerle auch am laufenden Band!

Ein süßer Reicher!

Tja, ich bin eine ganz gute Partie!

Selbst wenn's so einen gäbe, warum sollte er dich wählen?!

Es muss bei dir ein Reicher, kein Neureicher sein. Er muss aus einer guten Familie stammen und Zukunftsperspektiven haben. Sein Aussehen muss zumindest akzeptabel sein. Und er muss einen guten Geschmack haben und einen lieben Charakter. Außerdem muss er deine Freiheit respektieren, nicht wahr?

Dein Ideal ist einfach unerreichbar. Wo ist da der Unterschied?!

Klappe!

Und genau deswegen halten die Beziehungen nicht!

Ich bin ganz geschickt darin, mich vor der Person, die ich mag, zu verstellen!

Mit dem Charakter?!

Nur damit du's weißt! Mein jetziger Freund erfüllt all diese Voraussetzungen!

Wir werden garantiert heiraten!

Verzeihung!

Das hast du zuvor auch schon mal gesagt ...

Herzlich willkommen!

Ja!

Tse!

Oh, perfektes Timing.

Ist Rigen da?

Ich bin dann weg.

Verzeih, ich weise sie drauf hin.

Du sollst deine Freunde doch nicht durch die Vordertür reinkommen lassen!

Da läuft nichts ...

Alles bestens. Sie ist eigentlich immer so drauf.

Das Schwester-chen wirkte angepisst. Ist alles okay?

Nein, nichts.

Da läuft aber nichts ... ... zwischen euch?

Ja, sie wirkt stark.

Sie ist niedlich, aber ständig am Ausrasten.

... und mit vierzehn mein Herz definitiv gebrochen wurde ...

... aber als ich mich mit zwölf in ein Mäd-chen verliebte ...

... und dann Folgendes so leichtfertig äußerte ...

Dabei hatte ich vor, sie in zwei Jahren zur Braut zu nehmen.

Ach Mann!

148

Hey, hör mal ...

Hä?

Mir auch!

Hey, spring nicht mit auf!

... dann stell sie mir doch vor!

Ist sie nun so was ...

... wie deine Retterin?

Oder eine große Schwester?

Wenn sie mit dir befreundet ist, Rigen, wird's schon nicht schlimm sein, oder?

Hä? Was, echt?

... auf Geld und Macht.

... bei Männern steht sie hauptsächlich ...

Okay, aber ...

Klingt doch lustig.

Och menno ...

Aktuell scheint sie einen Freund zu haben.

Gut, dann irgendwann mal ...

Obwohl ich ihnen gesagt hab, dass sie auf Geld und Macht steht? Die haben echt zu großen Mut, sich dennoch vorstellen zu wollen.

Ihr Ernst?!

Die Stimmung zwischen ihnen ist irgendwie ...

Huch? Da sind ja Koko ...

... und ihr Freund?

Ich führe eine ernsthafte Liebesbeziehung!

Offenbar stimmte das ...

... wirk-lich.

Zuck

Koko.

Häää?!

Ja?

Ach was, du bist es, Rigen. Was machst du hier?

Nun, gerade eben ... Alles in Ordnung bei dir?

Hä?

Was meinst du?

Was ist?

?

Ich sagte doch, ich lade dich ein.

Fwopp

...

Nein
...

Ich möchte
...

...dir nur danken, dass du mich damals getröstet hast, als mein Herz gebrochen wurde...

!

Hä?

...

Was meinst du?

Du hast das vorhin also doch mitbekommen...

Tja ...

Weißt du, als so ein Rotzlöffel ...

... zwei Jahre lang einseitig verliebt war und ihm dann spektakulär das Herz gebrochen wurde ...

... es sich bei seinem Rivalen um den Kaiser gehandelt hatte und er damit von vornherein chancenlos war ...

Redet sie von mir?

... und er dennoch wie ein Schlosshund geheult hat ...

... fand ich das irgendwie faszinierend.

Ich dachte mir ...

... in dem Alter kann man also so sehr lieben ...

Na ja, aber dann ist er extrem verkommen und hat sich zu Müll entwickelt.

Du beschönigst es kein bisschen, was?

Ich wollte ebenfalls so eine Erfahrung machen ...

... aber so eine tolle Sache ist es nicht.

Vielleicht liegt's mir auch einfach nicht.

Ah, Verzeihung!

Davon gibt es zu viele. Das wäre zu umständlich.

Vor allem über meine Vorzüge.

Red ruhig weiter.

Hä?

Aber egal, lass uns essen.

Aber weißt du ...

Du wechselst aber schnell das Thema.

Ah, ich möchte gebratenen Tintenfisch und gebratenes Fleisch.

Ich weiß, dass es nicht niedlich ist.

Das ist eben mein Charakter.

Sie ist wie eine Retterin.

Wie eine große Schwester.

Wie eine wertvolle Freundin.

Ach!

Ich bin nur wieder mit meinem Freund zusammen!

Nicht speziell?

Also doch.

Ah ja?

Irgendwie bist du heute gut drauf.

?

Nicht wahr? Kein Wunder, dass ich mich so gut mit dir verstehe!

Du hast echt einen beschissenen Charakter.

Womöglich kommt einst der Tag ...

... an dem ich ihr noch eine andere Bezeichnung gebe.

Bonus: Des Kaisers größter Schatz / Ende

Bonusmanga

Geistreiche Alltagsunterhaltungen – Zusammen mit meinem Freund

13 Dinge, die Frauen machen, um geliebt zu werden

Huch? Da werden Erinnerungen wach!

Die habe ich mir letztes Jahr gekauft und durchgelesen.

Sie hat sich also endlich Handbücher in Sachen Liebe gekauft

Du hast es laut ausgesprochen.

Ihr habt sie Euch sorgfältig durchgelesen und trotzdem ist das das Ergebnis, was?

Ihr habt sie Euch sorgfältig durchgelesen und trotzdem ist das das Ergebnis, was?

Vielen Dank, dass ihr den ersten Band von *Gespielte Liebe ... oder doch nicht?* gelesen habt. Ich mag das Setting von 1001 Nacht, daher freue ich mich, es umsetzen zu dürfen! Rachel und Fahad (wie auch Eva) gehören dem Typ von Charakter an, der in meinem Kopf praktisch von selbst handelt, was mir sehr hilft. Übrigens ist der Aufwand, Fantasy zu zeichnen, für mich sehr ermüdend, weswegen ich beim Zeichnen regelmäßig verzweifle. Aber ich gebe mein Bestes!

Ich schreibe das zwar jedes Mal, aber ich möchte mich bei allen, die in Japan an der Umfrage der LaLa* mitgemacht haben, herzlich bedanken ...!

Ich liebe es, Eva zu zeichnen, habe aber kaum Gelegenheit, sie komplett zu zeigen. Also veröffentliche ich sie hier.

Dieser Band beinhaltet zudem den Bonusmanga *Des Kaisers größter Schatz*, der aus seiner eigentlichen Serie *Mikado no Shiho*** herausgenommen wurde. Wenn er euch gefallen hat, würde ich mich freuen, wenn ihr euch auch diese Serie durchlest.

Emiko Nakano

Das sind die beiden Hauptcharaktere. →

* Magazin, in dem *Gespielte Liebe ... oder doch nicht?* veröffentlicht wird.
** Bisher nur in Japan erschienen.

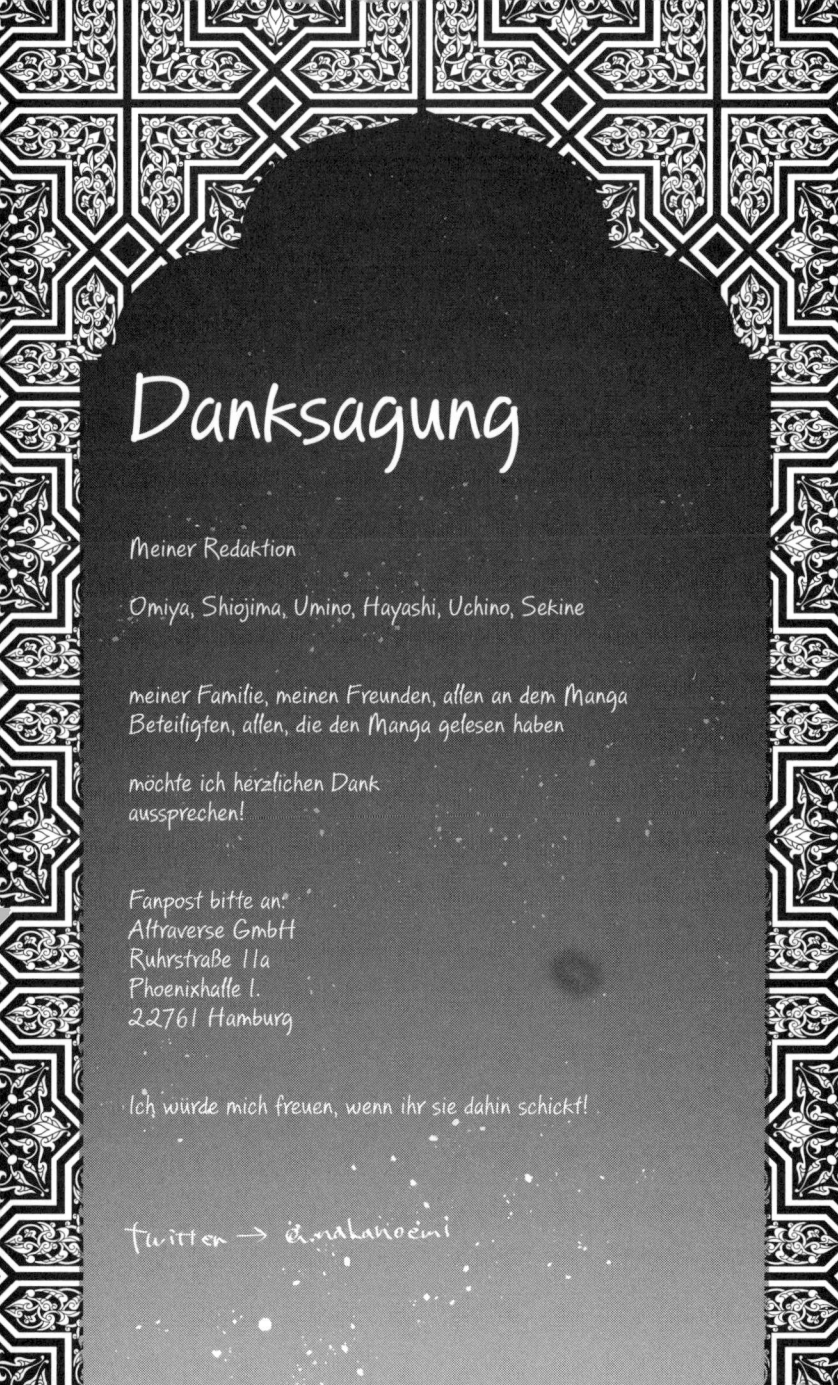

Danksagung

Meiner Redaktion

Omiya, Shiojima, Umino, Hayashi, Uchino, Sekine

meiner Familie, meinen Freunden, allen an dem Manga
Beteiligten, allen, die den Manga gelesen haben

möchte ich herzlichen Dank
aussprechen!

Fanpost bitte an:
Altraverse GmbH
Ruhrstraße 11a
Phoenixhalle 1.
22761 Hamburg

Ich würde mich freuen, wenn ihr sie dahin schickt!

twitter → @mahanoemi

Merit und der ägyptische Gott

Yukari Sakai | Fuyu Tsuyama

Merit landet in der Unterwelt, ohne Erinnerung daran, gestorben zu
sein! Deshalb ist sie wild entschlossen, wieder in die Welt der Lebenden
zu gelangen. Nur leider scheint Anubis, der als Einziger das Tor zwischen
den Welten öffnen kann, nicht nur Menschen zu hassen, sondern auch
durch einen Fluch seine Kräfte verloren zu haben. Ob Merit diesen
lösen und zurückkehren kann?

Schattenprinzessin des Drachenkönigs

Akira Osora

Vor einigen Jahren begrub der Wasserdrache, der eigentlich der Schutzgeist des Königreichs Ten'a ist, Kohakus Heimat unter wilden Fluten. Als letzte Überlebende schwört sie, Rache an Prinz Miaki zu nehmen, der als Einziger den Drachen kontrollieren kann. Entschlossen, ihn zu töten, schleicht sie sich am Königshof ein. Doch dann kommt alles ganz anders ...

Die Hexe und ihr Drache
Chizuru Fujishiro

Die Halbhexe Aria wünscht sich nichts mehr, als mit den Menschen har-
monisch zusammenzuleben. Als sie den verletzten Drachen Leo bei sich
aufnimmt, ahnt sie nicht, dass er sich mit einem Paktschwur an sie binden
wird. Nun steht Aria zwar ein eifriger, aber auch übermäßig beschützender
Diener zur Seite, der »zum Wohle« seiner Herrin allerlei Chaos anrichtet ...

altraverse

Mein Untergang an der Schule Gottes

Modomu Akagawara | Natsu Hyuuga

Nagi und ihr Zwillingsbruder Takeru, der sich in seinem Zimmer versteckt hält, leben in einem Japan, in dem es Menschen mit besonderen Fähigkeiten gibt, die sogar zu Göttern ernannt werden können. Im Gegensatz zu Takeru hat Nagi jedoch kein Talent für das Übernatürliche. Trotzdem erhält sie die Nachricht, dass sie an der Schule Gottes aufgenommen wird. Ob sie sich dort behaupten kann?

Colette beschließt zu sterben

Alto Yukimaru

Colette ist Ärztin, genauer gesagt die einzige Ärztin ihrer Stadt, und deshalb Tag und Nacht im Einsatz. Irgendwann ist sie so mit den Nerven am
Ende, dass sie beschließt zu sterben! Aber so richtig will ihr das nicht
gelingen. Stattdessen findet sie sich quicklebendig in der Unterwelt wieder, wo schon der nächste Patient auf sie wartet: der Herrscher über
den Höllenkerker Hades!

altraverse

1

Keiko
Ishihara

Fantasy 13 +

Prinz Freya

Keiko Ishihara

Das Land Tyr ist in großer Gefahr! Die ganze Hoffnung der Menschen
ruht auf dem Prinzen, der sich dem feindlichen Nachbarland mutig
entgegenstellt. Als er überraschend stirbt, nimmt die junge Freya, die
dem Prinzen zum Verwechseln ähnlich sieht, heimlich seinen Platz ein.
Zum Wohle des Landes muss sie über sich hinauswachsen. Von nun an
ist ihr Leben ein einziges großes Abenteuer!

Fantasy 13 +

Dienerin des verfluchten Kindes

Yuki Shibamiya

Die junge Renée ist unsterblich. Was andere erstrebenswert finden würden, ist für das Mädchen zu einem Fluch geworden, der sie regelmäßig die
Arbeitsstelle kostet. Aber das Schicksal meint es gut mit ihr und sie wird
als Dienerin des einsamen Kronprinzen Albert angeheuert. Doch auch der
ist mit einem Fluch belegt: Alles, was er anfasst, ist dem Tode geweiht.
Ob sie ihr neues Leben gemeinsam meistern können?

Die Braut des Dämons will gegessen werden

Keiko Sakano

Als kleines Mädchen wurde Mashiro einst von einem Dämon gerettet. Zum Dank will sie sich opfern und zu gegebener Zeit von ihm essen lassen. Als Doji Shuten Mashiro schließlich zu seiner Braut nimmt, wartet sie sehnsüchtig darauf, von ihm verspeist zu werden. Doch der gut aussehende Dämon hat ganz andere Pläne. Kann aus ihnen ein richtiges Ehepaar werden? In einem Alltag voller kurioser Missverständnisse nähern sich die beiden langsam an ...

Die Reue der Kinder Gottes

Shiki Chitose

Finstere Schattenwesen bedrohen die Welt. Sobald sie von einem Menschen Besitz ergriffen haben, kommt jede Hilfe zu spät. Die einzige Waffe, mit der die Schatten bekämpft werden können, ist das Kreuz der Verdammnis. Mit seiner Kraft versuchen die »Kinder Gottes« das Böse zurückzudrängen. Der junge Neo Belclift schließt sich ihnen an, um die Schatten zu vernichten und seine besessene Schwester zu retten ...

Die Legende von Azfareo

Shiki Chitose

Im Schloss des Königreichs Azfareo haust ein fürchterlicher Drache. Rukul wird auserwählt, ihm zu dienen. Das aufbrausende Temperament der Bestie verschreckt sie zunächst, doch sie bemerkt schnell, dass sich hinter seiner rauen Schale eine sanfte Seele verbirgt. Jedoch rankt sich um den Drachen und den verschwundenen König noch ein großes Geheimnis ...

altraverse

Deutsche Ausgabe / German Edition
Altraverse GmbH – Hamburg 2023
Aus dem Japanischen von Iga Handtke

KON-YAKUSHA WA DEKIAI NO FURI by Emiko Nakano
© Emiko Nakano 2022
All rights reserved.
First published in Japan in 2022 by HAKUSENSHA, Inc., Tokyo.
German language translation rights arranged with HAKUSENSHA, Inc., Tokyo
through Tuttle-Mori Agency, Inc.

Redaktion: Anne Faltin
Herstellung: Cathrin Hamester
Lettering: Vibrant Publishing Studio

Druck: CPI books GmbH, Leck
Printed in Germany

ISBN 978-3-7539-2116-7
1. Auflage 2023

www.altraverse.de